L'ENFANT DU LAC

ET

LA FÉE DU RÊVE

CONTE SUÉDOIS

PAR

BENJAMIN BARBÉ

PARIS

IMPRIMÉ CHEZ BONAVENTURE ET DUCESSOIS

55, QUAI DES GRANDS-AUGUSTINS

1862

L'ENFANT DU LAC

ET

LA FÉE DU RÊVE

L'ENFANT DU LAC

ET

LA FÉE DU RÊVE

CONTE SUÉDOIS

PAR

BENJAMIN BARBÉ

PARIS

IMPRIMÉ CHEZ BONAVENTURE ET DUCESSOIS

55, QUAI DES GRANDS-AUGUSTINS

—

1862

DÉDICACE

À Sa Majesté

L'Impératrice Eugénie

Madame

C'est à Votre Majesté que j'ose dédier cet opuscule. Il y est parlé d'enfant, de mère tendre et d'Impératrice accomplie. A qui mieux qu'à Vous, Impératrice accomplie et mère pleine de tendresse, pourrait-il être dédié? Peut-être même ce qui ne sera qu'un conte pour d'autres sera-t-il pour Votre Majesté, comme pour moi, une simple histoire. Et, dans ce cas, la lecture de ces quelques pages ne sera pas seulement un amusement pour votre esprit, elle sera une joie pour votre cœur.

C'est à ce point de vue que je prie Votre Majesté d'agréer l'hommage que je lui fais de mon ENFANT DU LAC.

Comme aussi l'hommage de tous les sentiments respectueux avec lesquels je suis,

Madame,

DE VOTRE MAJESTÉ

Le très-humble, très-fidèle,
et très-dévoué serviteur.

BENJAMIN BARBÉ

L'ENFANT DU LAC
ET
LA FÉE DU RÊVE

I

En ce temps-là, une mère jeune et belle était occupée à vêtir son enfant. La mère était pâle et triste, et l'enfant frais et riant.

Quand la toilette fut achevée, la mère, contemplant l'objet de sa tendresse et de ses soins, se complut en lui.

Et elle dit :

« Mon fils, j'ai fait un rêve sur toi, un rêve étrange, mais si beau, si doux, que je veux espérer qu'il s'accomplira.

« J'ai rêvé qu'un jour tu étais seul, sans ton père ni moi, je ne sais où; mais, en ce lieu, il y avait une grande foule qui s'agitait et qui semblait adorer une fée, grande, belle, puissante. Et toi aussi tu l'adorais, et tu te disais en toi-même : « Si seulement elle dai-

« gnait jeter ses regards sur moi, ma « mère serait bien heureuse et bien fière ! » Bientôt, je ne sais comment cela se fit, mais je te vis près d'elle. Elle te parlait affectueusement, et même te cajolait comme une mère.

« Et, au sortir d'auprès d'elle, la foule disait : « Quel est donc cet en- « fant que notre gracieuse souveraine « daigne caresser ainsi ? Heureuse sa « mère! Heureux son père ! »

La mère ayant ainsi parlé, l'enfant lui répondit :

« O ma mère! c'est ta tendresse pour moi qui t'a fait rêver cela. Moi, je ne demande à Dieu qu'une chose, c'est qu'il te conserve à nous. Donne-moi un baiser, toi ; je t'assure qu'il me sera plus doux que celui de toutes les fées du monde. »

II

A QUELQUE temps de là, la mère était alitée. Pâle, triste, mais résignée, elle comptait les jours qu'elle avait à vivre. Ses enfants, ignorants d'un malheur prochain, allaient et venaient, insoucieux comme on l'est à cet âge.

Surtout les garçons.

Car ses filles, bien que jeunes aussi,

comprenaient mieux, et elles étaient penchées silencieuses sur leur travail.

Le père, étouffant son chagrin, venait s'asseoir près du lit de la malade, et il lui contait des projets, des espérances pour tâcher d'éveiller et d'entretenir l'illusion dans l'esprit de la pauvre condamnée.

Or, il dit à l'enfant du rêve, qui était l'enfant préféré de sa mère :

« Mon fils, le calme, le silence qu'il faut à ta mère te gêne, car à ton âge on aime le bruit et le mouvement. Prends tes patins, va te divertir sur la glace du lac. »

Et l'enfant partit joyeux.

III

Il s'en allait tout seul; mais, comme il était bon et gentil, tout le monde l'aimait.

Et le long du chemin qui mène au lac où il se rendait, chacun lui disait quelque bonne parole. Les gardiens, qui le connaissaient tous, le saluaient gentiment et lui souhaitaient bonne chance.

Arrivé près du lac glacé, il ajusta ses patins et s'élança hardiment parmi la foule des patineurs.

Et chacun admirait l'adresse et la grâce de l'enfant.

IV

Or, en ce pays et en ce temps-là régnaient l'empereur le plus sage et la plus belle impératrice qu'on eût encore vus sur un trône.

Et, précisément ce jour-là, on les vit partager avec leurs sujets les plaisirs du lac glacé.

Simples et affables, ils se mêlaient à

tous, et ne se distinguaient de leurs sujets que par les respects qu'on leur témoignait.

Une chose, pourtant, distinguait l'impératrice entre toutes les dames : c'était son incomparable beauté et sa grâce incomparable.

Même, à la voir glisser, agile et souple, à la surface unie du lac, on songeait à ces êtres féeriques ou divins dont on parle dans les longues veillées d'hiver, aux Elfes, aux Sylphides, aux Ondines.

Et chacun oubliait son plaisir pour se complaire à la suivre des yeux.

Et l'enfant du rêve se dit :

« Je connais depuis longtemps la souveraine; souvent je l'ai vue passer devant notre demeure lorsqu'elle se rend au bois ; je l'ai souvent saluée, et toujours elle m'a rendu mon salut; et même elle m'a envoyé quelquefois un baiser avec un gracieux sourire. Aujourd'hui, j'aurai le bonheur de la voir de plus près, et je pourrai dire à ma bonne mère : « Je l'ai vue, comme « d'ici à toi, mère! »

En disant cela, l'enfant s'approcha, curieux, de la souveraine.

Or, l'enfant était aimable. Ses yeux grands, doux, profonds, marquaient l'intelligence et la candeur. Ses cheveux s'échappaient, épais et blonds, de dessous sa coiffure. Et cette coiffure était un béret écarlate, orné d'une aile d'oiseau. Une agrafe d'argent, où étaient gravés ces mots : DIEU VOUS GARDE! attachait l'aile au béret.

Et l'enfant patinait leste et hardi.

Or, la souveraine, en le voyant, dit :

« Oh! l'aimable enfant! Je veux le voir et lui parler. »

Et l'un des chevaliers qui entouraient la souveraine glissa rapidement vers l'enfant, et lui dit :

« Approchez, mon bel enfant, Sa Majesté l'Impératrice vous demande. Venez, ne craignez rien. »

L'enfant étonné, mais sans trop rougir, sans trop de gêne, obéit et se dirigea vers Sa Majesté.

Et, dans ce mouvement, l'élan de ses patins l'ayant porté trop loin, il se jeta sans le vouloir dans les bras de la souveraine, qui s'ouvrirent gracieusement pour le recevoir.

Et Elle l'étreignit affectueusement et le baisa trois ou quatre fois, comme aurait fait une mère. Elle le garda longtemps auprès d'Elle, lui parlant, le questionnant, gracieuse et caressante.

Et l'Empereur lui parla aussi avec bonté, et lui demanda son nom et le nom de son père, et le lieu de sa demeure.

V

Après cette scène pleine de grâce dans la souveraine et dans l'enfant, celui-ci, s'étant éloigné, ne pouvait se débarrasser de la foule importune qui le questionnait et le félicitait.

A la fin, il se mit à l'écart et, pressé par l'émotion douce et puissante qui venait de l'envahir, il s'assit et pleura.

Et il disait, parmi les douces larmes qui mouillaient son visage :

« Oh! que ma mère va être heureuse! Que je voudrais avoir des ailes pour lui porter au plus tôt cette joie! Son fils baisé par une fée, voilà son rêve accompli! O ma mère! ma bonne mère! ce bonheur va te guérir! »

VI

Et il se hâtait de reprendre le chemin de la maison, lorsqu'un bon monsieur le fit monter dans sa voiture, pour se donner le plaisir de le ramener chez ses parents.

Car, ainsi que tout le monde, ce monsieur l'avait vu auprès de l'Impératrice, et, comme il était un enthousiaste, il s'estimait très-heureux de lui donner ses soins.

Un enfant qui, par sa seule grâce juvénile, avait mérité un baiser de sa souveraine, qui était-ce donc?

Il s'en emparait comme d'un être consacré pour le reconduire sain et sauf à sa famille, et il voulait leur conter le fait charmant, il voulait être témoin de leur surprise et de leur joie.

Et, le long du chemin, il disait à l'enfant béni :

« Mais, qui donc es-tu? Où es-tu né? Comment te nommes-tu? Tes parents vivent-ils? Comment se nomme ton père? Que fait-il? Quel âge a-t-il? Est-il bien? Et ta mère : est-elle jeune, est-elle belle? As-tu des frères et des sœurs? Sont-ils beaux, sont-elles belles? Sans doute vous êtes riches et vous habitez un bel appartement ou un splendide hôtel!

« Mais, bah! tu te moques de moi.

« Tes parents ne vivent pas; ton père n'est pas un humble mortel qui écrit; ta mère n'est pas, comme tu le dis, une mère de famille simple, jeune belle, malade; tu n'as pas des frères et des sœurs qui marchent et qui jouent; vous n'habitez pas un appartement, quelque joli que tu le dises.

« Tu es un être mystérieux, sans parents, sans patrie, né de toi-même ou né de Dieu! Ou bien, encore, tu es quelque prince inconnu changé par une fée en cette figure d'enfant. Tu te caches, sous ce béret rouge, comme un prince se cachait, dans l'empire des fées, sous les plumes d'un oiseau bleu.

« Je te conduis, mais à tout instant je m'attends à rester seul avec le souvenir d'une illusion mensongère! »

Ainsi parlait le monsieur enthousiaste, et l'enfant intelligent riait de tout cela.

VII

AINSI jouant et riant, ils arrivèrent chez les parents de l'enfant. Celui-ci, sans donner à personne le temps de respirer, se précipita dans la chambre de sa mère, gai, bruyant, joyeux, triomphant.

Et, sans même se donner le temps de l'embrasser :

« Mère! mère! dit–il, ton rêve, tu sais ton rêve? la belle fée, la foule, le baiser... Eh bien, ton rêve s'est accompli, je crois. J'ai été embrassé, moi, ton fils, devine par qui?...

«—Que sais-je? mon enfant.

«—Imagine la dame, la plus grande dame, la plus jolie, la plus belle, la plus gracieuse que tu puisses trouver... et ce sera elle..

«—Eh bien! dit la mère, comptant abaisser l'orgueil de l'enfant par un exemple pris bien au–dessus de ce qu'elle croyait possible, eh bien! je vais tout de suite aussi loin que je puisse aller.... L'Impératrice!

«—Juste! tu l'as dit. J'ai été embrassé, moi qui te parle, par l'Impératrice! »

VIII

Le père dit :

« Tu parles de rêve; je crois que tu en fais un en ce moment, un rêve, tout éveillé.

«—O père! je ne rêve point. C'est bien l'Impératrice qui m'a embrassé. Tu sais que je la connais bien; et puis, demande plutôt à ce monsieur.»

Le monsieur, salué et interpellé, confirma en détail les dires de l'enfant et complimenta amplement toute la famille pour l'honneur qui lui était fait en la personne d'un de ses membres.

Alors, le père se tournant vers l'enfant :

« Mon fils, dit-il, si Sa Majesté t'a fait cet honneur bien grand de t'embrasser, nous en sommes très-heureux, ta mère et moi, et nous te permettons d'en être fier. Cependant, n'en sois point orgueilleux au point de t'aller imaginer que ton frère et tes sœurs, ainsi que les autres enfants, ne te valent plus.

« Qu'es-tu, et qu'as-tu fait pour mériter ce gracieux honneur? Rien.

« Un hasard que Dieu a disposé, un peu de gentillesse très-ordinaire chez les enfants de ton âge, et surtout l'affabilité et la bonté de Sa Majesté, dont la tendresse maternelle est bien connue, et qui, en te voyant, a peut-être songé à son propre fils; voilà, mon enfant, ce qui doit nous expliquer ces caresses impériales qui t'ont comblé de joie et d'une légitime fierté.

« Ne crois pas non plus que je veuille effacer de ta mémoire cette journée charmante de ta vie. Je veux, au contraire, que tu en gardes le souvenir avec les douces émotions qu'elle a fait naître dans nos cœurs. J'entends que ce souvenir excite ta reconnaissance pour cette faveur gratuite de ta souveraine.

« Mais, surtout, qu'il te serve d'un puissant mobile pour t'exciter au travail. Travaille donc, instruis-toi bien, garde ta candeur d'enfant et, toutefois, deviens un homme capable de servir ton pays, l'Empereur, l'Impératrice et leur fils. »

Pendant ce discours, que l'enfant fut tenté de prendre pour une réprimande, tant il y avait de grands mots, tant le père avait de gravité en le prononçant, la mère, absorbée en elle-même, remerciait Dieu dans son cœur et, le bénissant, lui recommandait son fils.

Et, parlant à son tour, elle dit d'une voix faible d'émotion et de souffrance :

« Que béni soit Dieu, mon fils. Maintenant je puis mourir tranquille sur ton compte. Puisqu'il a fait cette grâce à mon enfant que de permettre que notre grande souveraine posât ses lèvres sur son front, sans doute ce même Dieu prendra soin de lui dans l'avenir.

« Pour toi, mon fils, souviens-toi

toujours que tu as été ennobli par ce baiser de ta souveraine; ce souvenir préservera ton cœur du mal et t'aidera à porter le front haut et fier.

« A côté de ce baiser encore frais sur ton visage, je veux en poser un que tu ne dois pas oublier non plus.... C'est celui de ta mourante mère. »

Et son fils se jetant dans ses bras en pleurant, elle le baisa avec une tendresse infinie.

IX

Et cette joie fut la dernière joie de la pauvre femme sur la terre.

A quelque temps de là, elle rendit son âme à Dieu, calme et résignée, mais pleine d'un triste regret de la vie, où elle laissait après elle des enfants et un époux qu'elle aimait et qui l'aimaient par-dessus tout au monde.

C'est pourquoi ceux qui la perdaient demeurèrent inconsolables.

Longtemps on n'entendit, dans ce qui avait été sa demeure terrestre, que plaintes et regrets.

Enfin les enfants (Dieu le veut ainsi), à cause de leur jeune âge et de leur inexpérience, sentirent leur douleur s'amortir un peu. Mais rien ne pouvait consoler l'époux.

Sombre, silencieux, hébété, il passait les longs jours dans l'inaction, et ses nuits étaient sans sommeil.

Par pitié pour ses enfants, il voulut se secouer, il s'en alla avec eux dans une campagne lointaine, espérant adoucir un peu son chagrin; mais la douleur y fut sa compagne.

Pourtant, il se levait le matin avant le jour, et, suivi de ses chiens, il s'en allait chassant et ne revenait que le soir, harassé, épuisé.

Et, quelque temps qu'il fît, soleil, pluie, vent ou neige, il affrontait tout, il chassait toujours; à ce prix il trouvait le repos de la nuit.

Quelquefois on le surprenait assis dans quelque lieu solitaire, où, rappelant tous ses souvenirs doux et amers, il fondait en larmes. Et, à ceux qui lui reprochaient sa faiblesse, il répétait que c'était son bonheur de pleurer ainsi.

A la fin, l'enfant du rêve se dit :

« Si celle qui me donna le baiser qui fit tant de joie à ma mère ne m'avait pas oublié! Si, lorsque je la rencontrerai, elle me faisait la grâce de me reconnaître et de me dire quelque bonne parole, peut-être que le récit ferait quelque bien à mon père et le consolerait un peu.

« Oui, je me mettrai sur son passage. »

X

Bientôt l'hiver revint, et avec lui la glace et ses plaisirs. L'enfant apprit que la bonne fée se rendait au lac glacé où il l'avait rencontrée la première fois.

Donc, il décrocha ses patins et les rendit propres et luisants ; puis, montant sur une chaise, il atteignit, au haut d'une armoire, le béret écarlate qu'on avait mis de côté pendant les jours de deuil. Il le brossa en cachette, rajusta l'aile d'oiseau, baisa l'agrafe d'argent où étaient écrits les mots : DIEU VOUS GARDE ! et il le cacha sous sa vareuse.

Puis il s'esquiva doucement.

A quelque distance de la maison, il se coiffa du béret rouge et se mit à courir.

Bientôt il ralentit sa course et se prit à marcher pensif.

Trois choses le chagrinaient :

1° Il était parti à l'insu de son père ;

2° Il avait quitté la coiffure de deuil avant le temps;

3° Enfin, il craignait d'être méconnu, oublié, dédaigné.

Il était en proie à cette triple préoccupation lorsqu'il arriva près du lac.

La Souveraine n'y était pas encore. Cette circonstance lui donna le courage de mettre ses patins.

Pendant ce travail, il s'était débarrassé de ses trois soucis en opposant : au premier, la bonté de son père ; au second, la pureté de son intention ; au troisième, la résignation à la volonté de Dieu.

Son esprit et son cœur ainsi apaisés, il se mit à patiner gaiement.

XI

Aussitôt, deux servants de l'Impératrice, le reconnaissant, lui dirent plaisamment :

« Ah! te voilà, Chaperon rouge! Tu reviens dans l'espérance que Sa Majesté t'embrassera de nouveau. Tu n'es pas gêné, ma foi ! »

Et l'enfant, qui crut sa pensée devinée, fut piqué d'un fausse honte, et mentit, disant :

« Mon Dieu, non! Je ne savais même pas que Sa Majesté dût venir; je viens pour m'amuser comme les autres. »

La fausse honte est une sotte chose, et le mensonge une chose à la fois sotte et coupable; ils sont opposés à la candeur, qui est adorable.

L'enfant sentit aussitôt qu'il avait mal dit et mal fait : il eut honte.

Et quand arriva sur le lac l'Impératrice, et qu'il la vit aller et venir rapide, il eut peur. Et, si elle se dirigeait de son côté, il fuyait à toutes jambes, et de toute la vitesse de ses patins.

Cependant, Sa Majesté aperçut le béret écarlate, et rapide, elle vola vers l'enfant qui, troublé, cherchant à l'éviter, allait se jeter imprudemment dans l'eau.

Tout à coup l'Impératrice pousse un cri. L'enfant averti voit le danger, se retourne et s'élance pour se jeter aux pieds de Sa Majesté.

Mais elle l'accueille, riante, l'embrasse, le rassure, et lui dit :

« Ah ! te voilà, petit lutin ! Combien tu as grandi depuis l'an dernier !

« Et c'est merveille de voir comme

tu patines bien à présent. Certes, tu as fait de grands progrès. Je pense que tu en as fait dans tes études aussi.

« Mais, dis–moi ? as–tu pensé à moi quelquefois depuis l'an passé.... C'est bien répondu, cela : tu y as pensé dans tes prières.

« Et je ne t'ai point oublié non plus.

« Seulement, tu vas m'en vouloir d'une chose.... je ne puis retrouver ton nom.... Rappelle-le-moi donc.

« Ah ! oui, c'est cela, Gontran ! Un nom royal et qui sonne bien?... Gon–tran ! Je ne l'oublierai plus.... Gon–tran !

« Eh bien, voyons, pars ; montre-moi ton talent.... c'est vraiment charmant! N'as-tu pas des patins enchantés? Et quelque fée du Nord n'est-elle pas ta marraine? »

Et l'enfant s'éloigna pourpre de joie et d'orgueil! Et il allait plein de son bonheur, et ce bonheur décuplait ses forces et son adresse; il avait des ailes, et les lames de ses patins effleuraient à peine la surface du lac solide.

Et il se sentait assez de joie pour toute la vie. Chaque parole qu'il venait d'entendre sonnait toujours à son oreille et dans son cœur, pure, suave, et y produisait une sorte d'ivresse qui l'étourdissait.

Et il allait, en proie à ce doux enchantement, quand, au bout d'un moment, il ouït de nouveau la même voix argentine qui appelait de loin, disant :

« Gontran ! Gontran ! »

Est-ce un rêve ? Est-ce un délire ? Est-ce sa mère qui l'appelle ?

Il tressaille, se retourne et voit la souveraine assise auprès de l'Empereur ; elle lui fait signe, souriante, de venir à elle !

Il s'approche ému, tremblant.

La souveraine le prend sur ses genoux, l'embrasse, le caresse et le présente à l'Empereur, disant :

« Sire, ne vous déplaise, nous

sommes de vieilles connaissances. »

Et l'Empereur, lui aussi, clément et doux, adresse à l'aimable enfant quelques bonnes paroles, et de bons conseils.

Mais le vent est froid, et l'enfant est un peu pâle :

« Vite, vite, dit l'Impératrice, des gâteaux et du vin chaud.

Le vin chaud ne te fait pas peur, n'est-ce pas?... C'est bien, tu es un homme.

« Mais, avec qui donc es-tu ici?...

« Quoi, seul? Et quel âge as-tu donc?

« Onze ans? Tu es déjà un grand personnage, et ton père peut avoir confiance dans ta haute raison. Puis, tu ne demeures pas loin d'ici, m'as-tu dit. Et les gardes du bois doivent tous connaître et respecter ta seigneurie.

« Voyons pourtant si le vin n'a pas troublé ta raison, et si tu peux aller droit ton chemin sur la glace. »

Ainsi parlait Sa Majesté avec une grâce charmante.

Et l'enfant, confus de tant de caresses et craignant d'abuser de son bonheur, s'éloignait à regret.

XII

Or, il n'attendit pas la fin du jour pour quitter le lac enchanté. Il gagna le rivage, et pendant qu'il ôtait ses patins, il lui semblait entendre encore la voix qui avait appelé :

« Gontran ! Gontran ! »

Et il se disait à lui-même :

« Ah ! si ce que dit mon père est

vrai, que les morts nous voient et nous entendent, tu as vu, tu as entendu tout ceci, ô ma mère !

« Tu m'as vu sur les genoux de notre souveraine ; tu l'as entendue m'appeler, comme tu faisais : Gontran! Gontran !

« Tu l'as entendue me dire : Tu ! toi ! et mille autres gentilles choses comme tu les disais, toi, quand j'avais le bonheur de te voir et de t'entendre.

« Oh ! que tu dois être heureuse de tout ceci, ô ma mère ! ma pauvre mère!

« Mon père aussi va être bien heureux. Comme je vais courir pour lui porter cette bonne nouvelle. »

Ainsi parlait-il les larmes aux yeux,

et vite il arrangeait ses patins et se préparait à partir.

Aussitôt, le monsieur enthousiaste de l'an passé se présenta à lui et ne voulut pas permettre que son vieil ami le prince mystérieux se retirât à pied. Il fallut entrer dans sa voiture et se laisser reconduire avec tous les honneurs dus à sa manifeste grandeur.

XIII

Ils entrèrent ensemble chez le père de l'enfant. Le monsieur enthousiaste laissa respectueusement la parole au prince enchanté, qui raconta naïvement sa belle journée, en commençant par le chapitre de son évasion, suivi de celui du béret dérobé.

Le père, depuis longtemps indifférent à tout, écouta le récit de l'enfant avec un intérêt manifeste. Ensuite, le monsieur étant parti, il prit l'enfant dans ses bras et, sans parler, le couvrit de baisers et de pleurs.

Et quand cette explosion de sensibilité fut passée, son visage s'épanouit peu à peu. Enfin, il dit à son fils :

« Demain j'irai au lac avec toi pour m'assurer que tu n'es pas dupe d'une illusion ou pour la partager avec toi. »

XIV

Et le père et l'enfant se rendirent le lendemain au lac glacé.

Chemin faisant, l'enfant parut soucieux ; il se disait :

« Si la souveraine n'allait pas faire attention à moi aujourd'hui, mon père en prendrait du souci et me croirait menteur. »

Arrivés au lac, la souveraine n'y était pas encore, mais elle ne tarda pas à venir.

L'enfant allait et venait en vue de son père, et l'Impératrice allait et venait aussi; mais elle paraissait uniquement occupée du plaisir d'effleurer la surface unie du lac, comme font les hirondelles agiles et légères par les beaux soirs d'été.

Et les soucis de l'enfant croissaient toujours.

Au bout de quelque temps l'enfant revint joyeux à son père, qui l'observait du rivage :

« Tu l'as vu, père, Sa Majesté a daigné s'arrêter et s'entretenir avec moi.

«—Je n'ai rien vu, mon enfant ; et je commence à craindre un malheur, c'est d'avoir un fils imposteur.

«—Ah! mon père, fit l'enfant troublé, quelle idée triste tu as! C'est vrai qu'elle m'a parlé là-bas, et que tu n'as pu le voir. Mais, attends! j'espère que Dieu ne permettra pas que nous sortions d'ici tous les deux avec l'horreur d'une telle pensée.»

Il parlait encore quand la souveraine, rapide comme une flèche, arriva dans leur direction entre deux patineurs agiles qui lui tenaient lieu d'écuyers servants.

Tout à coup elle s'arrêta, et se tournant du côté de l'enfant assis au rivage, auprès de son père, elle appela :

« Gontran! Gontran! »

Le père, ému, se découvrit, et poussant l'enfant :

« Va, mon fils, Sa Majesté t'appelle! »

Alors, il vit l'enfant s'approcher de Sa Majesté et ôter son béret écarlate.

Il vit Sa Majesté, lui prenant le béret des mains, le lui remettre sur la tête, en disant :

« Reste toujours couvert devant moi. »

Et il entendit Sa Majesté qui, prenant la main de l'enfant, disait :

« Viens, prends ma main et conduis-moi jusqu'au bout du lac. »

Et il vit l'enfant conduisant la souveraine, et la souveraine conduisant l'enfant.

Et c'était pour tous les yeux un charmant spectacle de voir ainsi déployée, dans sa plus haute expression, la grâce de la femme et la grâce de l'enfant.

Mais, pour le père, c'était un spectacle dont l'enivrante émotion dépassait ses forces; il pleurait et riait tout ensemble. Et, s'adressant tout bas à un être invisible, il disait :

« O douce amie! ô morte adorée! Je le vois clairement, tu es au ciel, et c'est à ton intercession de sainte que ton enfant doit cette grâce et moi cette joie, qui me disent que tout n'est pas fini pour nous sur la terre! »

XV

Le lendemain, l'Impératrice répéta trois fois l'expérience de la veille; trois fois on la vit effleurer onduleusement le lac glacé dans tous les sens, n'ayant pour soutien que l'enfant au béret écarlate.

Et, ce jour-là, elle fut encore plus gracieuse pour lui, et elle mit le comble à sa joie par une faveur encore plus grande que celle dont elle l'avait gratifié jusque-là.

Et, en tout, elle agissait sans calcul, avec la spontanéité charmante du cœur.

Or, voici ce qui arriva ce soir-là à l'enfant du rêve :

Il se retirait seul et gaiement, à travers le vent froid et humide. Tout à coup passe la voiture qui portait l'Empereur et l'Impératrice. Elle passe rapide devant l'enfant; mais, aussitôt, elle s'arrête, et un serviteur, ayant reçu des ordres, se détache de la voiture et vient prier l'enfant d'approcher.

Il accourt à l'Impératrice qui lui fait

signe de la main, souriante, et lui dit :

« Viens, monte, je veux te reconduire. »

Et l'enfant obéit gentiment.

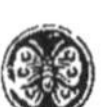

XVI

Quelque temps après, son père et ses sœurs virent s'arrêter devant leur demeure la voiture impériale.

Étonnés, ils regardent.

Aussitôt leurs yeux stupéfaits voient descendre de cette voiture.... Monsieur Gontran ! plus fier, et non sans raison, que l'illustre Artaban !

XVII

Dans la soirée, le père, ayant médité sur tout cela, dit :

« Remercions le bon Dieu, qui a pris cette voie pour adoucir les derniers instants de votre mère et pour relever chez moi le courage que j'avais perdu avec elle.

« Désormais, je vais m'occuper soigneusement de vous. Je veux que vous deveniez, vous, mes filles, deux femmes vertueuses comme le fut votre mère; et vous, mes fils, deux hommes accomplis comme voudrait l'être votre père.

« Le dégel est venu, la glace est fondue; adieu donc le patinage et les honneurs pour longtemps, maître Gontran.

« A partir de ce jour, votre devise à tous doit être celle-ci :

« PLAISIR MODÉRÉ, TRAVAIL ARDENT.

« Et surtout que l'Empereur, l'Impératrice et leur fils ne soient jamais oubliés dans vos prières du matin et du soir.

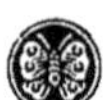

XVIII

L'ENFANT du Lac n'avait pas besoin de cette dernière recommandation. Jamais, depuis le premier baiser de la souveraine, il n'avait oublié de commencer sa prière en invoquant Dieu pour Elle et pour son Fils.

Et, ce soir-là, sa prière se prolongea bien au delà de l'ordinaire. Je pense qu'il ne pria pas tout le temps, je pense qu'il rêva beaucoup; sans doute son imagination enfantine devait emporter son âme sous les lambris dorés du palais qu'habitait la Souveraine, et sa pensée devait suivre les mouvements et les actions de sa bonne fée, de la fée du rêve maternel!

XIX

Quoi qu'il en soit, on dit que l'Impératrice eut cette nuit-là une sorte de vision.

Elle s'éveillait d'un sommeil profond et doux, lorsqu'en ouvrant les yeux, elle vit auprès de son lit une vive clarté.

Et, au milieu de cette clarté, elle

distingua la forme vaporeuse et rayonnante d'un enfant aux longs cheveux, à la robe traînante, semblable en tout aux figures sous lesquelles on représente les anges.

Et cet enfant, ou cet ange, avait au front une tache lumineuse plus brillante encore que le reste de son visage et en tout semblable à une étoile, et il tenait à la main une coiffure rougeâtre qui rappela vaguement à l'Impératrice l'enfant aux patins.

Et elle se plut à le considérer quelque temps avec une sorte de complaisance, comme on fait l'image d'un rêve heureux.

Et lui aussi la considérait muet et doux.

Enfin Elle lui dit :

« Mais, qui donc êtes-vous, douce vision? »

Il répondit :

« Je suis l'ange de l'enfant du lac, que ses parents appellent aussi l'Enfant du Rêve.

« Je viens te dire de la part du Ciel :
« Merci, ô douce souveraine! pour le
« bien que tu as fait à la pauvre mère
« mourante; merci pour le bien que tu
« as fait au père désolé, en jetant un
« regard de complaisance et de bonté
« sur leur jeune enfant. »

Elle entendit ces paroles avec un ineffable ravissement de joie. Et Elle admirait, étonnée, la beauté du céleste messager.

Surtout, Elle ne pouvait détacher ses regards de la tache lumineuse qu'il avait sur le front. Et, curieuse, Elle dit :

« Dis-moi, ange ou enfant, quelle est cette étoile qui brille sur ton front? »

Il répondit :

« Cette étoile, c'est la trace du baiser que Tu posas pour la première fois sur le front de l'Enfant du Lac! »

www.ingramcontent.com/pod-product-compliance
Ingram Content Group UK Ltd.
Pitfield, Milton Keynes, MK11 3LW, UK
UKHW021217230726
13926UKWH00003B/1079